AF460837

6 juin 1903 P

Vente du 6 Juin 1903

(HOTEL DROUOT)

CATALOGUE

DE

DESSINS, LITHOGRAPHIES

PHOTOGRAPHIES. ESTAMPES
SUITES DE VIGNETTES. EX-LIBRIS
OUVRAGES SUR LES BEAUX-ARTS
LIVRES ILLUSTRÉS DU XIXe SIÈCLE
MÉDAILLES ET MONNAIES. ETC.

PARIS
EM. PAUL ET FILS ET GUILLEMIN
Libraires de la Bibliothèque Nationale
28, RUE DES BONS-ENFANTS, 28

1903

LA CARICATURE POLITIQUE

EN FRANCE

PENDANT

LA GUERRE, LE SIÈGE DE PARIS ET LA COMMUNE

(1870-1871)

PAR

JEAN BERLEUX

(Maurice Quentin-Bauchart)

Beau volume grand in-8°, tiré à petit nombre et orné de figures reproduisant les principales caricatures. — Prix :

Exemplaire sur papier vélin du Marais. . . . . **25** fr.
— sur papier du Japon . . . . *Épuisé.*

Cet ouvrage, presque épuisé, est le plus complet qui ait été fait jusqu'à ce jour. C'est en somme le catalogue détaillé de toutes les Caricatures parues pendant la Guerre, le Siège de Paris et la Commune. Il sera pour l'histoire un curieux *Memorandum* du dévergondage de la rue à cette époque. Illustré d'environ **quatre-vingts reproductions** choisies parmi les plus curieuses ou les plus rares, il présente un aspect chatoyant qui doit plaire non seulement aux amateurs passionnés de cette époque, mais aussi à tous les connaisseurs et à tous les bibliophiles.

MANUEL

DE

L'AMATEUR D'ILLUSTRATIONS

GRAVURES ET PORTRAITS

POUR L'ORNEMENT DES LIVRES FRANÇAIS ET ÉTRANGERS

Par J. SIEURIN

Un volume in-8, beau papier teinté, broché. . . . . . . **6** fr.
Grand papier de Hollande. . . . . **15** fr.

Cet ouvrage est un excellent guide pour les amateurs de livres à vignettes, indispensable pour l'illustration des livres français et étrangers. Il renferme sur les différents états des suites de curieux détails que M. Sieurin seul connaissait ; il peut être illustré de planches détachées.

Les exemplaires sur grand papier sont presque épuisés.

Tours, imp. Tourangelle, 20-22, rue de la Préfecture.

LA VENTE AURA LIEU

Le Samedi 6 Juin 1903

A DEUX HEURES PRÉCISES DU SOIR

A L'HOTEL DES COMMISSAIRES-PRISEURS, 9, RUE DROUOT

SALLE N° **10**

Par le ministère de Me **MAURICE DELESTRE,** Commissaire-Priseur

5, RUE SAINT-GEORGES, 5

Assisté de **MM. ÉM. PAUL et FILS et GUILLEMIN**, Libraires-Experts

28, RUE DES BONS-ENFANTS, 28

ORDRE DE LA VACATION

NUMÉROS	41 à 169
—	15 à 40
—	1 à 14

CONDITIONS DE LA VENTE

La vente se fait expressément au comptant.

Les acquéreurs paieront 10 pour cent en sus des enchères.

Les livres devront être collationnés dans les vingt-quatre heures de l'adjudication. Passé ce délai ils ne seront repris pour aucune cause.

Les Libraires chargés de la vente rempliront les commissions des personnes qui ne pourraient y assister.

CATALOGUE

DE

DESSINS, LITHOGRAPHIES

ESTAMPES, VIGNETTES, EX-LIBRIS
LIVRES ILLUSTRÉS DU XIXe SIÈCLE

BEAUX-ARTS

I. OUVRAGES DIVERS

1. Musée Impérial du Louvre. Collection Sauvageot, dessinée et gravée à l'eau-forte, par Edouard Lièvre, accompagnée d'un texte historique et descriptif, par A. Sauzay. *Paris, Noblet et Baudry*, 1863, 2 vol. in-fol. 120 pl. gr. et tirées sur Chine, demi-rel. mar. bleu avec coins, dos orné, tête dor. non rog.

   Exemplaire monté sur onglets.

2. Galerie de Saint Bruno, fondateur de l'ordre des Chartreux, peinte par E. Le Sueur, dessinée, gravée par A. Villerey. *Paris, Villerey*, 1816, in-8, portrait et 25 pl. gr. v. f. dos orné, dent. de feuillage, tr. dor. (*Rel. de l'époque.*)

   Bel exemplaire sur GRAND PAPIER VÉLIN.

3. Les Gemmes et Joyaux de la Couronne au Musée du Louvre, expliqués par M. Barbet de Jouy, dessinés et gravés à l'eau-forte d'après les originaux, par Jules Jacquemart. Introduction par M. Alfred Darcel. *Paris, Techener*, 1886, 2 vol. in-fol. pap. vergé et 60 pl. gr. à l'eau-forte, cart. perc. r. non rog.

4. Les Chefs-d'œuvre d'Art au Luxembourg, publiés sous la direction de M. Eugène Montrosier, avec le concours littéraire de MM. Allard, Th. de Banville, D. Bernard, A. Besnus, E. Blémont, Champfleury, J. Claretie, A. Daudet, J. Janin, Lamartine... Poésies d'Adrien Dézamy. *Paris, Baschet*, 1881,

in-fol. nombr. fig. dans le texte et 41 pl. en photogravure hors texte, demi-rel. mar. r. avec coins, dos orné, fil. tête dor. ébarbé.

Exemplaire numéroté sur papier de Hollande, avec les planches sur Chine montées sur onglets.

5. Société d'Aquarellistes français. Ouvrage d'art publié avec le concours artistique de tous les Sociétaires. Texte par les principaux critiques d'art. *Paris, Launette*, 1883, 2 tomes en 8 livraisons in-fol. pap. vélin. 24 pl. en photogravure et nombr. fig. noires et en couleur, dans 8 cartons, dos de perc. grise.

6. Société Internationale chalcographique. *Paris, New-York, Londres et Berlin*, 1886-1897. — Réunion de 13 vol. in-fol. et gr. in-fol. texte en anglais, français et allemand, pl. en héliogravure, cart., ou en feuilles dans des cartons.

Années : 1886, 21 pl. — 1887, 18 pl. — 1888, 20 pl. — 1889, 14 pl. — 1890, 18 pl. — 1891, 16 pl. contenant 36 sujets. — 1892, 5 pl. — 1893 et 1894. Le Maître du Cabinet d'Amsterdam, par Max Lehrs, 67 pl. contenant 89 sujets. — 1894. Les Gravures sur bois du Maître J. B. à l'oiseau, 11 pl. — 1895. Les Sept Planètes, par F. Lippmann, traduit par F. Courboin, 36 pl. — 1896. L'Œuvre de Jacopo de' Barbari, par Paul Kristeller, 26 pl. contenant 40 sujets. — Alphabets gothiques, publiés par Jaro Springer, 39 pl.

7. Notice sur la Vie de Marc Antoine Raimondi, graveur bolonais, accompagné de reproductions photographiques de quelques-unes de ses estampes, par M. Benjamin Delessert. *Paris, Goupil*, 1853, in-fol. de 30 pp. de texte et 11 pl. contenant 12 sujets, mar. r. dos orné, fleurs aux angles, dent. int. tr. dor. (*Trautz-Bauzonnet*.)

Exemplaire avec le nom de Valentine (Mme Gabriel Delessert) frappé en or sur le premier plat.

8. L'Estampe moderne. Directeurs : Ch. Masson et H. Piazza. *Paris, Impr. Champenois*, 1898-1899. — Suite de 100 pl. in-fol. lithog. en noir et en couleur, en feuilles dans un carton de perc. verte, fers spéciaux.

Collection complète.

9. Les Variétés amusantes. Etrennes aux gens de bon goût. *A Paris, s. d.* (*chez Crépy*, 1783), in-16 carré, pl. gr. broché.

Curieux almanach, fort recherché, comprenant : un titre-frontispice représentant un drap déployé surmonté d'une perruque et d'un vase de nuit et accompagné à gauche d'une table servie et à droite d'un homme portant une lanterne. — 4 planches à transformations, avec l'indication : « *Il faut d'abord lever le haut de chaque figure* », ce qui donne lieu en les repliant, par le haut et par le bas, à 16 transformations successives pour les 4 estampes. — 2 ff. pour le calendrier de 1783.

Les figures de ce petit livre sont des plus curieuses et des plus importantes pour l'histoire du costume et surtout de la coiffure sous le règne de Louis XVI.

Bel exemplaire avec les planches coloriées à l'époque.

10. Recueil de divers costumes des habitans de Bordeaux et des environs, dessinés d'après nature par M. G. de Galard, et précédés de notices rédigées par M. S.-E. Géraud. *Bordeaux, Lavigne jeune, s. d.* (1818-1819), pet. in-fol. demi-rel. v. olive.

Suite très rare de 32 belles planches gravées par Ph. Le Roy et *coloriées au pinceau*. Elles sont accompagnées de notices explicatives, mais le titre général manque à notre exemplaire.

11. Monsieur Pencil (par R. Töpfer). *Autographié à Genève par l'auteur, lithographie de Schmid*, 1840. in-8 obl. demi-rel. chag. violet, plats toile.

Edition originale ornée d'un frontispice et de 214 dessins autographiés sur 72 pp.

On a ajouté : Histoire de Mr Jabot. *S. l. n. d.* (*Paris, Lemercier*, 1850), in-8 obl. titre-front. préface et 151 dessins autographiés sur 52 ff. cart. dos de perc. verte, fers spéciaux.

12. Albums inédits et en couleur par Ferdinand Bac. *Paris, Simonis Empis, s. d.* — Réunion de 7 vol. in-4, nombr. pl. en couleur, br. couvertures illustrées.

La Femme intime, préface de Marcel Prévost : front. et 26 pl. — Les Fêtes galantes, préface de Arsène Houssaye ; front. et 20 pl. — Nos Femmes, préface de Maurice Donnay ; front. et 20 pl. — Les Alcôves, préface de Richard O'Monroy ; front. et 20 pl. — Nos Amoureuses, chanson-préface de Léon Xanrof ; front. et 20 pl. — Modèles d'Artistes, préface par un ancien modèle ; 20 pl. — Femmes de Théâtre, prologue de Yvette Guilbert ; 20 pl.

On a ajouté : Quelques tranches de vie découpées et présentées, par Bac, Couturier, Guillaume, Guydo, Léandre, etc. *Paris, Charpentier*, 1896, in-4 : 25 pl. en couleur, br. couverture illustrée.

13. Le Pierrot. Directeur : A. Willette. Rédacteur en chef : Emile Goudeau. *Paris, 6 juillet* 1888 *au 20 mars* 1891, 51 numéros in-fol. nombr. fig. et portraits-charges.

Collection complète.

14. LA COLLECTION SPITZER. Antiquité. Moyen Age. Renaissance. *Paris, Quantin*, 1891-1892, 6 vol. gr. in-fol. pap. vélin, texte encadré d'un fil. r. nombr. fig et pl. noires et en couleur, en feuilles, dans 6 cartons de perc. verte.

Superbe publication illustrée de nombreuses figures dans le texte et de 342 planches hors texte en héliogravure, en phototypie et en chromolithographie.

II. DESSINS. — LITHOGRAPHIES. — PHOTOGRAPHIES

15 Aquarelles, gouaches, sépias. — Réunion de 12 dessins originaux.

Paysages ; types militaires ; scènes d'intérieur ; etc.

16. Ecole française du XVIIIe siècle. — 4 pièces anciennes.

Dessins originaux au crayon, au lavis et à la sépia, dont deux d'après *Vien*.

17. Etex (J.). — *Lascaris accompagné de savants grecs* ; in-fol.
Dessin original à la sanguine, daté de 1860.

18. Peintures chinoises. — Recueil de 12 pièces en un vol. in-fol. oblong, cart. recouvert de soie de Chine r.

Suite de douze peintures exécutées sur papier de riz vers le milieu du XIXe siècle. Elles représentent les diverses phases de la culture et de la préparation du Thé avant sa consommation : plantation et taille des arbrisseaux, cueillette, vente aux marchands, triage, séchage, mise en caisses, décoration des boîtes, dégustation, etc.

19. VUES des villes et habitations ou séjourna l'Empereur Napoléon Ier. — In-fol. obl. cart. perc. brune.

Curieux et important recueil de VINGT DESSINS ORIGINAUX à la sépia, exécutés vers le milieu du XIXe siècle, par Régnier (sans doute Jacques-Augustin, peintre de paysages renommé, né en 1787).

Ces dessins représentent : 1. Ville et port d'Ajaccio (Corse) ; — 2. Maison natale de Napoléon ; — 3. Fonts de baptême en l'église d'Ajaccio où a été baptisé Napoléon ; — 4. Grotte près d'Ajaccio, promenade favorite de Napoléon enfant ; — 5. Porte d'entrée du Collège de Brienne ; — 6. Hôtel Bonaparte, rue de la Victoire no 60 ; — 7. Hôtel Bonaparte, rue Chantereine no 60, 1857 ; — 8. Hôtel Bonaparte, rue Chantereine, no 92, 1830 ; — 9. Hôtel Bonaparte, rue de la Victoire, no 60 ; — 10. Côté nord de l'Hôtel Bonaparte, rue Chantereine, 1857 ; — 11. Rue Saint-Nicaise, le 24 décembre 1800 ; — 12. Villa Masianu, île d'Elbe, 1815 ; — 13. Golfe Juan, près Antibe, 1815 ; — 14. Palais d'Elisée, 1815 ; — 15. Château de La Malmaison, 1815 ; — 16. Longwood, île Sainte-Hélène, 1815 ; — 17. Vallée des Saules, île Sainte-Hélène ; — 18. Maison au bas du Pont-Neuf, au coin de la rue de Nevers. Napoléon, officier de 17 ans, habitait le 5e étage ; — 19. Chambre à coucher de Mme Bonaparte ; — 20. Chambre à coucher du général Bonaparte, 1796 à 1800.

On y a ajouté : 1o la copie manuscrite d'une fable inédite, composée par Bonaparte, âgé de 15 ans, pendant son séjour au Collège de Brienne, et intitulée : *Le Chien, le Lapin et le Chasseur* ; 2o le portrait de Napoléon par Vigneux, gravé par Henry ; 3o une photographie représentant le cabinet de l'abdication de Napoléon à Fontainebleau, 1815.

---

20. Affiches illustrées françaises et étrangères publiées de 1872 à 1892. — Réunion de 54 pièces, la plupart lithogr. en couleur et de très grand format, dont quelques-unes signées d'Ancourt, Métivet, H. Meyer, Pal, Pépin, Vallet, etc.

21. Boilly (?). Groupes physionomiques. — Suite de 7 pl. *lithogr. en couleur*, en un vol. in-4, demi-rel. v. vert.

Ces pièces très humoristiques ont été publiées à *Londres* par *Alexandre*, en 1824 et sont accompagnées de légendes en anglais, dont voici la traduction : *Les Lunettes.* — *Les Moustaches.* — *Le Masque.* — *Oh ! la peste.* — *Les Grimaces.* — *Félicité parfaite.* — *Le Baume d'acier.*

22. Caricatures. — Réunion de 13 pl. in-4 et petit in-fol oblong, lithogr. et *coloriées*.

Henri Monnier : *Une Soirée à la mode* ; *Des Messieurs de bonnes maisons* ; 2 pièces. — Fournier : 2e *Banc d'omnibus.* — Grandville : *Les Métamorphoses du jour*, pl. nos 1, 6, 12, 17, 19, 31, 36 et 42 ; 8 pièces. — Ch. Philippon : *Voilà donc le peuple le plus gracieux de la terre* ; *Mode de l'année prochaine* ; 2 pièces.

23. Charlet. Etudes à l'estompe, exécutées sur pierre. *Paris, Gihaut frères, s. d.* — Suite de 1 titre et 12 pl. lithogr. par Aug. Bry et encadrées de fil. dor. cart. perc. bleue, comp. à fr.

24. Costumes Suisses. — Suite de 39 planches (sur 44), lithographiées en couleur par *Delpech* et montées sur onglets en 1 vol. in-4, cart. bradel, demi-perc. r. avec coins, non rog.

25. Isabey (J.). Voyage en Italie, en 1822. *Paris, Villain, s. d.* (1823). — Suite de 30 pl. in-fol. lithogr. par Isabey, cart. non rog.

26. Lami (Eugène). Six quartiers de Paris. *Paris, Delpech, s. d.* (*vers* 1828), 1 titre et 6 pl. lithogr. et *coloriées*, in-4 obl. dérel.

Légère cassure au titre; le nom du lithographe est gratté sur chaque pièce.

27. — Souvenirs du camp de Lunéville. *Paris, Delpech, s. d.* (1829), 6 pl. (sans titre), lithogr. et *coloriées*, in-4 obl. dérel.

Rare.

28. — Tribulations des gens à équipages. *Paris, Delpech, s. d.* (*vers* 1828), 6 pl. lithog. et *coloriées*, in-4 obl. dérel.

Petite cassure dans la marge intérieure de 2 pièces.

29. — Voitures. *S. l. n. d.* (*Paris, Delpech, vers* 1824), 12 pl. lithogr. en noir et signées *Eugène L.*, in-fol. obl. dérel.

30. Lithographies. — Réunion de 36 pl. pet. in-fol. obl.

Devéria; 7 pl. — Grenier; 24 pl. — N. Fielding; 5 pl.

31. Monnier (Henry). Boutiques de Paris, dessinées sur pierre. *Paris, Delpech, s. d.* (1828), titre et 6 pl. lithogr. et *coloriées* in-4 obl. dérel.

32. — Esquisses parisiennes. *Paris, Delpech*, 1827, titre et 5 pl. lithogr. et *coloriées* (sur 10), in-4 obl. dérel.

Les cinq premières pièces de cette suite.

33. — Mœurs administratives d'après nature. *Paris, Delpech, s. d.* (1828), titre et 6 pl. lithogr. et *coloriées*, in-4 en hauteur, dérel.

34. Morner (H.). Scènes populaires de Naples. *Paris, Gihaut frères, s. d.* (1828), 12 pl. lithogr. et *coloriées* (sans titre), in-fol. obl. dérel. non rog.

Cassure raccommodée dans la marge intérieure de la première planche.

35. Scheffer (Jean-Gabriel). Ce qu'on dit et ce qu'on pense, petites scènes du monde. *Paris, Gihaut, s. d.* (*vers* 1830), 36 pl. lithogr. et *coloriées* (sur 60 ?), in-4 obl. dérel. non rog.

Cassures dans les marges de quelques pièces.

36. Scheffer (Jean-Gabriel). Expressions des plus exquis sentimens de nos Grisettes, recueillis et dessinés d'après nature. *Paris, Chaillou-Potrelle, s. d.* (*vers* 1830). — Suite de 12 pl. lithog. *en couleur* en 1 vol. in-4, cart. bradel, demi-perc. bleue avec coins.

37. VERNET (Carle). Cris de Paris, dessinés d'après nature. *A Paris, chez Delpech, s. d.* in-4 de 1 titre et 99 pl. lithogr. en couleur (sur 100), demi-rel. bas. r. à long grain.

Suite très rare.
Cassures en marges de quelques pièces. — La pl. 36 manque.

---

38. Cochinchine, Tonkin, Inde, Nouvelle-Calédonie. — Types, paysages, monuments, scènes populaires, etc. — Recueil de 105 photographies montées sur bristol fort dans un album oblong, demi-rel. mar. bleu ciel avec coins, fil. tête dor. dans un étui.

39. Japon. — Types, scènes d'intérieur, paysages. — Recueil de 67 belles photographies in-4, exécutées d'après nature en 1891, coloriées et montées sur bristol fort en 3 albums gr. in-4, demi-rel. mar. grenat avec coins.

40. Madagascar. — Types, scènes diverses, portraits, paysages, monuments, etc. — Recueil de 71 photographies montées sur bristol fort dans un album in-fol. oblong, demi-rel. mar brun avec coins, fil. dans un étui.

III. ESTAMPES

41. Bartolozzi. *Enfant endormi*; in-4, sous passe-partout.

Jolie pièce *gravée en couleur*.

42. Bassaget (d'après Numa). — *La Terre.* — *Le Feu.* — 2 pièces gr. en bistre et sanguine par Manduison ; in-4.

Belles épreuves à toutes marges.

43. Benwell (d'après J.-H.). — *A Saint-Gilles's Beauty*, gr. *en couleur* par F. Bartolozzi, en 1783 ; in-4.

Belle épreuve à toutes marges.

44. Bonnard (d'après). — *Masque en habit de paysan*, gr. par Mariette. — *Catherine Biancollelli, ditte Colombine*, gr. par Trouvain. — 2 pièces in-4, légèrement rehaussées de couleur.

45. CIPRIANI (d'après). — *Cérès*, gr. par Catherine Prestel; *L'Abondance*, gr. par Earlom. — 2 pièces in-fol. gr. au burin et teintées de sépia, en 1789.

46. — *Clio et Calliope*; *Urania et Terpsichore*; 2 ovales — Ens. 4 pièces gr. par Earlom et divers.

47. — *La Mère heureuse.—La Mère malheureuse.*—2 pièces in-4 tirées in-fol. gr. en noir et sanguine par Earlom en 1787.

Belles épreuves à toutes marges.

48. DUCREUX (d'après). — *Le Bailleur*. — *Le Rieur*. — 2 pièces in-4, gr. par F. Goulu ; belles marges.

49. DROLING (d'après). — *Intérieur d'une cuisine*, gr. à la manière noire par P.-L. Debucourt ; in-fol. en largeur.

50. DUVIVIER (d'après). — *Avant le Bain* et *Sortie du Bain* (?) — 2 pièces in-4 tirées grand in fol.

Epreuves modernes AVANT LA LETTRE, sur JAPON et COLORIÉES.

51. — *Vénus et l'Amour*, gr. *en couleur* par Bosselman ; in-fol.

Jolie pièce.

52. ECOLE Anglaise. — *Mr. West and Familly*, gr. par Pariset, d'après Benj. West, 1781 ; *Irish Method of curing a smoky chimney*, 1798 ; *A Smile to a Tear*, par Cruikshank, 1807. — Ens. 3 pièces anciennes in-4.

53. — Italienne (?). 2 pièces in-fol. en largeur, gr. à la manière noire.

54. — Italienne. — 16 pièces anciennes gr. d'après Amiconi, Ann. Carrache, le Guerchin, Rossi, Tempesta, Rossi, etc. ; in-4 et in-fol.

Bons documents d'artistes.

55. ESTAMPES anciennes. — Réunion de 27 pièces de divers formats gr. en noir et en couleur, d'après Bonnard, Boucher, Detroy, le Guide, Angelica Kauffman, G. Saint-Sauveur, Téniers, Troost, Verdier, Carle Vernet, etc., etc.

Paysages ; sujets historiques ; allégories ; scènes d'intérieur ; portraits ; etc.

56. — anciennes et modernes. — Réunion de 120 pièces de divers formats.

Estampes sur bois du XVIe siècle par Lucas de Leyde et autres ; figures et planches gr. d'après Callot, Holzer, Mignard, Duplessi-Bertaux, etc. ; cartes anciennes ; deux lithographies coloriées ; *fumés* de Henry Pille pour la *Tentation de St Antoine*; portraits; quatre *ex-libris*; etc., etc.

57. Estampes anglaises gr. en couleur ou coloriées, publiées de 1820 à 1830. — Réunion de 69 pl. in-fol. obl. remontées. (*Ce numéro pourra être divisé.*)

1° Suite de 12 pl. gr. et *coloriés*, très humoristiques, représentant les Aventures de Mr et Mme Squat. (Petite déchirure à une pièce ; cassure à la dernière).

2° Suite de 26 pl. gr. et *coloriées*, représentant les Aventures amusantes arrivées à deux amis, Dashall et Lubin.

3° Scènes de chasse. — Suite de 12 pl. gr. et *coloriées*, publiées par *Fuller à Londres*, en 1822. (Déchirure à la première pièce.)

4° Marines. — Deux suites de 12 et 7 pl. *gr. en couleur*.

58. — modernes. — Réunion de 41 pièces de divers formats, gr. ou lithogr. en noir et en couleur, d'après Bartolozzi, Bassano, Desenne, Gérard, Morin, Pinelli, Raphaël, Rubens, Titien, Wille, etc.

Scènes bibliques, mythologiques ou historiques ; types italiens ; scènes de genre et d'intérieur ; portraits ; reproductions de tableaux ; etc. Quelques pièces sont avant la lettre.

59. Ferrus (d'après C.). — *La Source bienfaisante*, gr. par Aquila ; gr. in-fol. en largeur.

60. Hamilton (d'après W.). — *Jeu de la Savatte*. — *Les Friands de cerises*. — 2 pièces grand in-4 en largeur, gr. par Laindor de Toulouse.

61. Hogarth (d'après). — *The Politician*. — *Shrimps !* — 2 pièces in-4, gr. par Riepenhausen.

62. — 35 pl. in-fol. gr. par Riepenhausen.

Pièces modernes.

63 Kuyper (d'après J.). — *Fête populaire hollandaise en l'honneur de la proclamation de la République de* 1795 (?) gr. par Vinkelès ; grand in-fol. en largeur.

Belle épreuve avant la lettre et à toutes marges.

64. La Fage (d'après R.). – Sujets bibliques et mythologiques, gr. à l'eau-forte par F. Ertinger en 1683 ; 6 pièces in-fol.

65. — Sujets bibliques et mythologiques, gr. à l'eau-forte par C. Simonneau, en 1683 ; 4 pièces gr. in-fol.

66. Newhouse (C.-B.). — *An Accomodating Fare, or Gallantry before Comfort* ; gr. *en couleur* et publiée par Mc. Lean, en 1834; in-4 en largeur.

Jolie pièce.

67. Parell (d'après M.-A.). — *The Origin of the Order of the Garter* ; in-fol. gr. à la manière noire.

Belle épreuve.

68. Poelenburg (d'après Corn.). — *L'Esclave à l'encant*, gr. par F. Basan ; in-fol. en largeur.

69. Queverdo (d'après). — *Départ pour le Sabat*, gr. par Maleuvre ; in-fol.

Belle épreuve à toutes marges.

70. Reynolds (d'après J.). — *L'Homme entre le Vice et la Vertu*, gr. à la manière noire par Haid (?); petit in-fol. en largeur.

Rare.

71. —— *The Girl and Kitten*, gr. par Bartolozzi, in-4.

Superbe pièce *gravée en couleur*, avec marges, remontée sur carton et prête à être encadrée.

72. Rigaud (d'après J.-F.). — *Happiness*. — *Innocence*. — 2 pièces gr. *en couleur* par Benj. Smith ; in-fol.

Epreuves à toutes marges.

73. — *Vüe du Château de Medon* ; in-fol. en largeur.

74. ROPS. Eaux-fortes de Félicien Rops. — Réunion de 109 pièces en 1 album in-4 cart. bradel perc. bleue.

Les Adieux d'Auteuil. — La Petite dame à la fourrure. — L'Eté. — La Colère. — Le Pendu. — Coup de soleil. — Vénus Milita. — Bas-relief. — Le Grand Marmiton. — Les Diaboliques (9 pièces). — La Lecture d'un grimoire. — Folies-Bergère. — La Dame à la fourrure debout. — Vieux Faune. — Les Deux G... — Akedysséril. — L'Amante du Christ. — Porteuse de poissons. — Lettre à la Présidente. — Servante Anversoise. — Laitière flamande. — La Buveuse d'absinthe. — La Pudeur de Sodome. — Frontispices pour les Amusements des Dames de Bruxelles, les Chansons de Collé, les Cousines de la Colonelle, le Catéchisme des gens mariés, le Fer rouge, Rimes de joie, la Messe de Gnide, les Joyeusetés galantes, le Parnasse satyrique, le Théâtre gaillard, la Fleur lascive, etc. — La Foire aux Amours — La Grève. — Finis Latinorum — Maturité. — Etc., etc.

Plus de la moitié de ces pièces sont en *épreuves de choix* : avant la lettre, sur Chine ou sur Japon.

On a ajouté quatre autres gravures de Rops gr. sur bois.

75. Rubens (d'après P.-P.). — Sujets de l'Ancien et du Nouveau Testament. — Ens. 6 pièces gr. par Cars, Taraval, etc. ; grand in-fol. en largeur

Pièces à toutes marges ; trois sont avant la lettre.

76. Shelley (d'après S.). — *Love Healed*. — *Love Wounded*. — 2 pièces gr. *en couleur* par Robert Cooper en 1798 ; in-4.

Belles épreuves à toutes marges.

77. Scheneau (d'après). — *La Curiosité punie*, gr. par J.-G. Schwab, in-fol.

78. — *La Fille rusée*. — *Le Colin-Maillard*. — *Les Modernes connoisseurs*. — Ens. 3 pièces in-4 gr. par Prevost et Varin.

79. Scheneau (d'après). — *La Lanterne magique.* — *L'Origine de la Peinture, ou les Portraits à la mode.* — 2 pièces in-fol. gr. par J. Ouvrier.

80. Steen (d'après Jean). — *Le Villageois en belle humeur.* — *Les Amours de J. Steen.* — 2 pièces in-fol. gr. par Claessens,

Belles épreuves coloriées et à toutes marges.

81. Teniers (d'après David). — *Les Œuvres de miséricorde*, gr. par Ph. Le Bas en 1747 ; grand in-fol. en largeur.

82. Troost (d'après C.). — *L'Amant déguisé*, gr. par Radigues. — *La Fausse Vertu*, gr. par Tanjé. — *Le Vielleux*, gr. par Houbraken. — *Suypestyn, maison de plaisance*, gr. par Pelletier. — *Portrait de Cornelis Troost*, gr. par Houbraken. — Ens. 5 pièces in-4 et in-fol.

83. Wilkie (d'après David). — *The Spanish Mother*, gr. par Abr. Raimbach, 1836 ; in-fol. en largeur.

IV. SUITES DE VIGNETTES

84. Boileau. — Suite de 1 portrait gr. par Saint-Aubin et 6 figures in-8, gr. par Delvaux, de Ghendt et Simonet, pour le *Lutrin*, édition *Renouard*, 1807.

Belles épreuves.

85. Cervantès. — Suite de 31 figures in-8, réduites et gr. par R. Brunet, d'après Coypel, pour *Don Quichotte*.

Epreuves à toutes marges.

86. Corneille. — Suite de 1 portrait gr. par Gaucher, 1 frontispice gr. par Watelet d'après Pierre et 34 figures in-8, gr. d'après Gravelot, pour le *Théâtre*, édition de *Genève*, 1764.

87. Costumes civils et militaires, sujets historiques, modes, vignettes et lithographies modernes, etc. — Réunion de 72 pièces de divers formats, gr. d'après Duplessi-Bertaux, Eisen, Isabey, Moreau, Cél. Nanteuil, Prud'hon, Raffet, etc., etc.

Seize pièces sont avant la lettre sur blanc ou sur Chine ; six sont à l'état d'EAUX-FORTES.

On a ajouté 87 figures de modes, in-fol. gravées et coloriées, extraites de la *Mode illustrée.*

88. Fénelon. — Suite de 1 portrait gr. par Delvaux d'après Vivien et 24 figures in-18, de Lefebvre, gr. par Delvaux, Godefroy, Simonet, etc. pour les *Aventures de Télémaque*, édition de *Didot l'aîné*, 1796.

Charmante suite.
Epreuves à toutes marges.

89. FÉNELON. La même suite (moins le portrait).

Epreuves tirées de format in-8.

90. FIELDING. — Suite de 12 figures in-8, gr. par Mariage, Simonet et de Villiers, d'après Moreau, pour *Tom Jones*, édition *Didot*, 1833.

Epreuves tirées sur GRAND PAPIER de format petit in-4.

91. FIGURES, vignettes et culs-de-lampe, pour l'illustration d'ouvrages du XVIIIe siècle. — Réunion de 88 pièces de divers formats, gr. d'après Binet, Chodowiecki, Eisen, Le Barbier, Marillier, Martinet, Moreau, Schley, etc., etc.

Quelques pièces sont AVANT LA LETTRE, ou à l'état d'EAUX-FORTES.

92. LA FONTAINE. — 47 figures in-8 (pièces originales ou copies anciennes) gr. d'après Eisen pour les *Contes*, édition des *Fermiers généraux*.

Quelques pièces sont remontées de format grand in-8; quelques-unes sont répétées.

93. —— Réunion de 14 figures in-12, in-8 et in-4, pour l'illustration des *Contes*.

8 fig. de Fragonard pour l'édition *Didot*, dont une EAU-FORTE, sur CHINE. — 2 figures de Marillier. — Etc.

94. —— Suite de 1 fleuron par Choffard, 1 portrait par de Marc et 20 estampes dessinées par Fragonard, pour les *Contes et Nouvelles* de F. Didot l'aîné, Paris, 1795, réduites et gravées par T. de Mare. *Paris, Conquet*, 1881, pet. in-4.

Epreuves en double état : AVANT LA LETTRE, sur HOLLANDE, avec les noms des artistes *à la pointe* et EAUX-FORTES PURES sur JAPON.

95. —— Suite de 1 portrait et 94 figures, en-têtes gr. par Duplessi-Bertaux, pour les *Contes*, édition *Cazin*.

Epreuves modernes tirées sur PAPIER VÉLIN de format in-8.

96. — Réunion de 133 figures pour illustrer les *Contes*. (*Ce numéro pourra être divisé.*)

1. — Suite de 9 figures in-8 de Moreau pour l'édition de 1822. — Epreuves à toutes marges.
2. — 12 figures in-18 de Desenne. — Belles épreuves AVANT LA LETTRE, tirées de format grand in-8.
3. — 39 figures in-18 gr. d'après Desenne, Duplessi-Bertaux, Monnet, etc. — Epreuves non rognées, AVANT LA LETTRE; huit sont *avant la draperie*.
4. — Suite de 8 figures grand in-8, lithographiées d'après Hersent.
5. — 4 figures grand in-8, par Tony Johannot. — *Epreuves d'artistes*, AVANT LA LETTRE, sur CHINE, plus les EAUX-FORTES de deux pièces ajoutées.
6. — Suite de 59 fleurons, vignettes et culs-de-lampe par Choffard, pour l'édition des *Fermiers généraux*. — Réimpression moderne, tirée de format in-8.

97. LA FONTAINE. — Figures de Desenne, Chasselat, Colin, Duplessi-Bertaux, Monnet et autres, pour les *Contes*. — Réunion de 108 figures in-12, fixées dans trois albums in-4, demi-rel. mar. grenat, avec coins, tête dor. ébarbé. (*Champs.*)

Très intéressant recueil. — Toutes les figures sont AVANT LA LETTRE, à l'exception de deux, et 68 sont accompagnées de leurs EAUX-FORTES (très rares.)

On a ajouté deux portraits de La Fontaine, l'un gr. par Gaucher et l'autre par Pauquet (à l'état d'EAU-FORTE) et 11 figures diverses par Desrais, Eisen et Moreau, en épreuves AVANT LA LETTRE.

En tout 189 pièces.

98. — 1 portrait et 94 fig. en-têtes gr. d'après Duplessi-Bertaux, pour les *Contes*, édition *Leclère*, 1861.

Epreuves sur Chine montées in-8.

99. — Suite de 60 figures in-18, gr. par Couché et Ransonnette, d'après Desenne et autres, pour les *Fables*, édition *Nepveu*.

Epreuves AVANT LA LETTRE tirées sur GRAND PAPIER de format in-8.

100. — Suite de 1 portrait et 50 figures en-têtes, dessinés et gravés à l'eau-forte par V. Foulquier pour les *Fables*, édition *Mame*.

Epreuves tirées à part, AVANT LA LETTRE, sur Chine VOLANT, de format grand in-8.

101. — Réunion de 56 figures pour illustrer divers de ses ouvrages. (*Ce numéro pourra être divisé.*)

1.— Suite de 1 portrait par H. Rigault et 8 figures in-12 de Moreau, gr. par Delvaux, pour les *Amours de Psyché*, édition *Saugrain*, 1797. — Epreuves à toutes marges.

2. — Suite de 5 figures in-18, gr. d'après Desenne, pour les *Amours de Psyché*. — Epreuves AVANT LA LETTRE, à toutes marges.

3. — Suite de 7 figures in-18, gr. d'après Desenne, pour le *Théâtre*. — Epreuves AVANT LA LETTRE, à toutes marges.

4. — Suite de 12 figures in-8 en travers, par Percier, pour les *Fables*, édition *Didot*, 1802. — Tirage moderne de format in-4.

5. — 10 figures in-8, par Moreau, pour les *Œuvres*. — Epreuves AVANT LA LETTRE, sur blanc et sur Chine.

6. — Suite de 1 portrait et 12 figures in-8, par Tony Johannot, pour les *Œuvres*, édition *Furne*, 1830.

102. — Suite de 1 portrait et de 20 figures in-18, gr. par Bovinet, Frilley, Petit, etc. d'après Desenne pour les *Œuvres*, de la collection de la *Bibliothèque française*.

Epreuves AVANT LA LETTRE; on y a joint les EAUX-FORTES de 8 pièces.

103. — Suite de 19 figures (dont 3 portraits) in-8, gr. par F. Delannoy, d'après G. Staal, pour les *Œuvres*, édition *Garnier*, 1872-1876.

Epreuves AVANT LA LETTRE, sur Chine, tirées de format in-4, *avant les noms des artistes*.

On a ajouté une *figure refusée*, mêmes conditions.

104. Molière. — Réunion de 3 portraits (dont un gr. par *Ficquet*) et 40 figures in-12, in-8 et in-4, pour illustrer diverses éditions des *Œuvres*.

8 fig. de *Punt*. — 4 fig. de *Moreau*, dont trois avant la lettre et une EAU-FORTE ; 2 fig. de *Boucher* ; 4 fig. de *Desenne*, *Hersent* et *Vernet*, avant la lettre, sur Chine ; 2 fig. de *Chasselat*, avant la lettre sur Chine ; 8 lithographies; etc., etc.

105. Montesquieu. — Suite de 12 figures in-18, dont 10 de Regnault et 2 de Le Barbier, gr. à l'eau-forte par Bertaux et terminées par Baquoy, de Ghendt, Halbou, etc. pour le *Temple de Gnide*, édition *Didot*, 1795,

Epreuves à toutes marges.

106. Portraits. — Réunion de 36 pièces in-12, in-8 et in-4, des XVIIIe et XIXe siècles.

Parmi ces portraits nous signalerons ceux de Corneille, par *Ficquet* (3 exemplaires); Crébillon, par *Ficquet* ; Bossuet, par *Gaucher* (2 états, dont un avant la lettre) ; Mirabeau, par *Voysard*; Basan, par *Choffard*; Mazarin, par *Nanteuil*; Turenne, par *de Marcenay*; Alexandre Dumas fils, par *Mongin*, épreuve sur Chine, avant la lettre et avec la signature autographe du graveur; etc.

107. Prévost (l'abbé). — Suite de 8 figures in-18 de Lefèvre, pour *Manon Lescaut*, édition *Leclère*, 1860. (Epreuves avant la lettre, tirées in-8). — Suite de 1 frontispice, 1 portrait et 10 figures in-8, gr. à l'eau-forte par Chauvet, et publiées par *Rouquette*, en 1874. — Ensemble 20 pièces.

108. Racine (Jean). — Suite de 1 portrait gr. par Gaucher, d'après Santerre et 12 figures in-8, gr. par Duclos, Le Mire, Née, Simonet, etc., d'après Gravelot, pour les *Œuvres*, édition de *Paris, Cellot*, 1768.

Mouillure aux trois dernières pièces.

109. — Suite de 1 portrait et 12 figures in-18, gr. par Girardet, d'après Desenne, pour les *Œuvres*, édition *Ménard et Desenne*, 1819.

Très belles épreuves avant la lettre et à toutes marges.
On a ajouté la suite de 12 figures in-8 de Le Barbier, pour l'édition *Déterville*, 1796, épreuves sur Chine, plus 2 pièces sur *papier bleu* (épreuves à toutes marges).

110. Rousseau (J.-J.). — Suite de 1 portrait et 26 figures in-18, gr. par Halbou, Longueil, Macret, Ponce, etc., d'après Marillier, pour les *Œuvres*, édition de *Londres*, 1783.

Plusieurs pièces sont à toutes marges.

111. Shakespeare. — Suite de 12 titres-frontispices, 1 portrait et 37 fig. in-8, gr. par Rhodes, d'après Thurnston, pour les *Œuvres*, édition *Th. Tegg*, 1812-1816.

Epreuves sur Chine, remontées sur Hollande de format in-4.

112. Shakespeare. — Réunion de 316 figures in-8 et grand in-8, gr. sur bois, sur acier ou sur cuivre, d'après Geoffroy, Hamilton, Markl, Smirke, Stothard, Westall, Weatley, Zucchi, etc. pour illustrer diverses éditions des *Œuvres*.

113. Suites diverses. — (*Ce numéro pourra être divisé.*)

1. — Fénelon. — Suite de 1 portrait et 23 figures in-18 (sur 24), par Quéverdo, pour les *Aventures de Télémaque*, édition *Bleuet*, 1796. — Epreuves à toutes marges (sauf la dernière).

2. — La Fayette (Mme de). — Suite de 4 figures in-32, dont deux frontispices gr. à l'eau-forte par Adam et Sisco, pour la *Princesse de Clèves*, édition *Werdet*, 1826. — Epreuves en triple état : avec la lettre sur Chine ; avant la lettre sur Chine. EAUX FORTES PURES sur Chine.

3. — La Harpe. — Suite de 1 titre-frontispice et 4 figures in-8, par Marillier, pour *Tangu et Félime*, édition *Pissot*, 1780. — Belles épreuves avant la lettre, à toutes marges.

V. EX-LIBRIS. — PIÈCES DIVERSES

114. Ex-libris P. Franc. Coppette. *Sacræ facul. Parisiensis Doct. Theologi.*

Curieuse pièce peu commune.

115. — *Bibliothèque de Madame* Victoire de France, gr. par *C. Baron.*

Rare.

116. — français des XVIIe et XVIIIe siècles, gravés et armoriés. — 9 pièces.

H.-Th. Baron, médecin à Paris. — (Bochard de Saron). — Harmand de Montgarny, gr. par *Delille*, à Verdun. — Mennesson, avocat à Soissons. — Pichot de la Martinière. — Anonyme (avec la devise : *J'attends mon heure*), gr. par *Roger*. — Trois anonymes.

117. — francais gravés et armoriés du XVIIIe siècle. — 16 pièces.

J.-Th. Aubry, curé de St Louis-en-l'Ile, gr. par *Martinet*. — Cte Charles du Boutet. — P. Boyveau. — Le Chevr Dampoigné. — Th. Du Fossé, membre du Parlement de Normandie. — (Hugon). — Nic. Le Boucher. — J.-C. Lemercier, docteur-médecin. — Quillebeuf, Sgr. de Bethencourt, gr. par *Goüel*. — (Prince de Talleyrand ; *3 états*). — Quatre anonymes.

118. — français et étrangers du XVIIIe siècle gravés et armoriés. — 16 pièces.

(Archinto). — L'abbé de Bourzac (*2 états*). — Le Chev. Dampoigné. — Th. Du Fossé. — Nic. Le Boucher. — J.-C. Lemercier. — Quillebeuf, seigneur de Bethencourt, gr. par *Gouël*. — Marié de Toulle (*2 états*). — (Scherer). — (Prince de Talleyrand ; *2 états*). — Prince de Torella. — Van Vaernewyck. — Joseph Xaupi, gr. par *Avisse*, en 1750.

119. — français du XVIIIe et des premières années du XIXe siècle. — 16 pièces.

Richard d'Audigny. — Mis de Bièvre. — Boillot, avocat à Belfort. — Ch. du Boutet (*2 exemplaires*). — Cazenave. — Desains, notaire à Saint-Quentin (*2 exempl.*). — De Fortia. — Pastoret. — D. Roussel (*2 exempl.*) — Talleyrand. — Etc.

120. Ex-libris français (étiquettes) du XVIIIe siècle avec *encadrements gr. sur bois*. — 45 pièces.

Acheul (Monastère d'). — Mad. de Banastre. — J. Batailler, 1786. — Mme de Beuron. — Cassin. — Chatillon (2 *états*). — Chauveau. — Chirat. — Mme Colin de Saint-Marc. — Compain, 1660 (2 *états*). — J. Constant. — Cousin (2 *états*). — Décime Delzons. — Dhervillez. — Dubois de Fosseux. — Aug. Favier. — A. Formentin. — Fortia d'Urban (3 *états*). — G. Guyot. — Hommais. — J. Ph. Jannet. — Mme de La Borde. — Lefebvre de Plainesevette. — Aug. Mame. — de Montangon. — L'abbé Pascal. — Fr. Pollet. — L. Rose. — Sibour. — Mme V. Soehnée. — Tandeau de Marsac. — Thomas-Lavalette. — M. Thomassin. — Toursel fils (2 *états*). — Tourtier d'Ozoir. — Verdier. — Viollet-le-Duc (3 *états*).

121. — (timbres de bibliothèques), la plupart avec *encadrements* et du XVIIIe siècle. — 20 pièces.

Ballière. — Carteron fils. — De Catrol (4 *états*). — J.-D. Cochin, prêtre. — L'évêque de Comenges. — F.-L. Fontaine, architecte de Napoléon Ier. — Cte d'Espinchal. — Foret. — Lebreton, prêtre. — Lehec, avocat. — (Ch.-Fr. Maurice ; 2 *états*). — Duc d'Oldenbourg. — Couvent de Picpus. — Eug. Prouhet. — Mlle Soreau. — Vincent.

122. — étrangers (étiquettes), la plupart du XVIIIe siècle, avec *encadrements gr. sur bois*. — 25 pièces.

Ferd. Baroli. — C. van Bavière. — Th. Bianchi. — Borluut de Noortdonck. — Brereton. — Fr. Carafa de Forli (2 *états*). — Caroline Crofton. — Delgado y Pozo. — Lammens. — J. Marotta (2 *états*). — Meiggs. — Von Meredith (2 *états*). — Moons. — J. de Moor. — Roemers. — Romo y Echebarria. — Th. Scott. — Mme Standish. — P. Tudela. — R.-S. Turner (2 *états* sur maroquin). — Collegium S. J. Monachii, 1595.

123. — français modernes. — 38 pièces.

Affry de la Monnoye. — Bibliothèque d'Amiens. — D'André. — Mis d'Anglade. — C. Aniéré. — (Vte d'Argouges). — Ch. Audiffred. — (E. Balézeau). — De Barberey. — J. Barbier. — Germain Barré, curé de Monville (4 *états*). — Armand Baschet. — Bazot, notaire à Amiens. — Edouard de Beaufort. — Marie Costa de Beauregard. — Paul Bellon. — De Béost. — De Bernardy. — Berryer. — (Berthier de Sauvigny). — Vicomte Beugnot. — Ch. Bianchini. — Louis Bihn. — Bon de Billing. — Jules Bizouard. — (Blanchard). — (De Bonvouloir). — Gust. Bord. — Boscary de Villeplaine. — Aglaüs Bouvenne. — Boyer de Sainte-Suzanne. — Bon de Braye. — De Bresse. — Ed. de Breuilly.

124. — français modernes. — 41 pièces.

Briant de Laubière (3 *états*, dont deux *avant la lettre*). — L'abbé Briot de la Mallerie. — (De Broc). — L'abbé Léon Brocard (3 *états*). — (Comte de Bruce). — Amédée Burat. — Duc de Cadore (2 *états*). — Bon P. Calvet-Rogniat. — (Bon de Carayon-Latour). — (Carbonnière). — (Castellane). — (Castries). — Chandon de Briailles (3 *états*). — Mis de Chantérac). — Chartener. — Henri Chasles. — Michel Chasles. — Comte de Chastellux (2 *états*). — L. Chauvassaignes. — Wilfrid Chauvin. — Chissay. — Emile Clairat. — Marquis de Clapiers. — (Clermont-Tonnerre ; 2 *états*). — Maurice Clouard. — Colvé des Jardins. — Mis de Compiègne. — (Corbières). — (De Courtils de Merlemont). — (Comte de Croy). — Amédée de Crozet. — Laurent de Crozet.

125. — français modernes. — 42 pièces.

Dr Ant. Danyau. — (Comte Delamarre) (2 *états*). — Desbarreaux-Bernard). — V.-F. Des Grand. — V. Diancourt. — Baron de Dion. — (A. Doazan). — (L.-F. Doucet). — (Henri Dubois). — (Maxime Du Camp). —

V. Duchataux. — H. Dugas. — (Du Hamel). — Mis Du Lau d'Allemans. — (Benneau Du Martray). — Du Pan-Sarrasin. — A. G. Du Plessis (2 *états*). — du Puy de Belvèze. — Du Rosier de Magnien. — Du Verdier de Vauprivas. — Edmond Engelmann. — Prosper Falgairolle. — Fauveau. — (François Favre). — Julien Félix. — Jules Forest. — (Victor Foucher). — Franchetti. — (Froidefond de Florian). — (F. Garde). — Victor Gay-Gayffier (2 *états*). — Aug. Geoffroy (2 *états*). — Gerbu. — Comte E. de Germiny. — Vicomte de Ginestous. — (Glady). — Vicomte de Gontaut. — Henry Gouin.

126. Ex-libris français modernes. — 33 pièces.

O. de Gourcuff. — Gourdon de l'Echo. — Goury du Roslan. — (de Grancey). — Emile Grand. — Grandin de l'Epervier (3 *états*). — H. Grésy. — H. Gueneau de Mussy. — Guerrier de Dumast. — (Guichart de Choisity). — Em. Guillaudin. — P. Guiraud. — d'Harcourt. — (Bon Haussmann). — (Hénin. — Henry-André. — L. Herman. — d'Hinisdal). — (D'Hotelans). — Houitte de Lachesnais. — (D'Ibarral d'Etchegoyen). — Comte d'Imécourt (3 *états*). — (De Jallerange). — Janssens. — L. Janvier de la Motte. — Jolly-Bavoillot. — G. Jourdanne. — B. Jouvin. — (De Kerret).

127. — français modernes. - 36 pièces.

(Ernest Labadie). — La Béraudière. — Laborderie. — (Mis de Labriffe) 2 *états*. — H. de La Broise. — F. Lacapère. — Lafabrie. — J. Laferrière. — Jacques Laffitte. — A. de La Fizelière. — Duchesse de La Force. — J. de Lagondie. — La Grange-Carroll. — Cte F. de La Grange. — La Jupellière. — Mis de La Mazelière. — Henri Lambert. — Bibliophiles Languedociens. — Ed. de Laplane. — Mis de La Rochethulon. — Ch.-J. Dignes de La Touche. — De Latre. — Dr Jules Le Bayon. — (Lebarbier de Tinan). — Le Brun Dalbanne. — Em. Leconte. — Lefebvre-Nonat. — Arthur Legrand. — (Le Maroi). — Le Proux. — L'Esperonnière. — Lesperut. — De L'Hérault. — Em. L'Hopital. — Ch. Lormier.

128. — français modernes. — 38 pièces.

Bon de Mackau. — Mac-Mahon (2 *états*). — C. de Mandre. — Mis de Magny (2 *états*). — Mlle de Magny. — Em. Mancel. — Bon de Marbot. — Cte Marescalchi. — Mis de Marescot (2 *états*). — V. de Marisy. — Alex. Martel. — Martineau des Chesnez. — (Duc de Massa). — Masurier. — (Mennessier de la Lance). — A. Mercier. — Paul Mercier. — L. Meynard. — (Cte de Montblanc). — Bon de Moncuit de Boiscuillé. — Montagne. — G.-M. de Montalivet. — A. de Montgomery. — Ch. Morizet. — Alfred Mosselman. — Valentin Mourié (2 *états*). — (Nadar) — Cte de Nettancourt-Vaubecourt. — Nicolay. — Nivillier. — (Duc de Noailles). — (Ollivier-Beauregard). — J.-L. Oltramare. — (D'Origny).

129. — français modernes. — 36 pièces.

Cte Palluart de Besset. — J. Paradis — A. Pascal. — Pasquier. — Payan-Dumoulin. — (Pelleport). — Guy Pellion. — Mgr. Perraud. — Emile Perrier (2 *états*). — Alfred Petit. — Eug. Petit (2 *états*). — Elzéar Pin. — Alph. Pinart. — (Paul Pinson ; 3 *états*). — Cte et Mis de Piolenc (2 *états*). — (De Poely). — A. Pointin. — (Poncins). — (Pons de Rennepont). — P. Pourain. — Th. Powell. — Ad. de Puibusque. — Cte de Puiseux. — (Léon Quantin). — Quérilhac — Mis de Queux de St-Hilaire. — Jules Quicherat. — Quatre pièces anonymes.

130. — français modernes. — 38 pièces.

Ad. Racot. — De Raincourt. — De Rambuteau. — Raspieler. — J. Renard. — A. Renaud. — A.-A. Renouard. — (Rigaud). — Ctesse Juliette de Robersart. — Ville de Rochefort. — Emm. Rodocanachi (2 *états*). — D. de Romand. — (Et. Rouard). — J. de Rougé. — Alph. Royer. -

Ernest de Rozière. — Saint-Agnan-Boucher. — P. de Saint-Victor. — Patrice Salin. — Ch. Sauvageot. — Ch. Schefer. — Cte Louis de Ségur — L.-R. de Semallé. — Mis de Sigy. — Séminaire de St Sulpice. — Marquis de Granges de Surgères. — Château de Tanqueux. — Dix pièces anonymes.

131. Ex-libris français modernes. — 35 pièces.

Oct. Teissier. — (Tenant de la Tour). — J. Terisse. — Thibaudeau (2 *états*). — Louis Tissier. — J.-J. de Tournes. — Tresvaux de Berteux. — R. Vallois. — Van der Kemp. — (Cte de Vaulchier). — Comte Marc de Vesvrotte (4 *états*). — Mi de Villoutreys. — (De Vyau). — (Eug. Weyer). — Paul de Wint. — Pierre de Witt. — D'Yzarn-Freissinet. — Ville d'Amiens. — (P. Arnauldet). — Bibliophiles Bretons. — M. Clouard — (Maurice Cohen). — (Doazan). — (Du Martray). — Du Pan Sarrazin. — Six pièces anonymes.

132. — français modernes. — 37 pièces.

Boyer de Ste Suzanne — H. Dugas. — Du Pan Sarrasin. — G. du Plessis. — Franchetti. — Engelmann. — (F. Garde). — V. Gay. — De Gayffier. — (Gruel). — (Guichard de Choisity). — Hennecuier (2 *états*). — (Karr?). — H. de La Broise. — Lacapère. — Laferrière. — Jacques Laffitte. — Cte J. de Lagondie. — H. Lambert. — Ed. de Laplane. — De l'Esperonnière. — De Magny. — V. de Marisy. — (Rigaud.) — (Romand). — (E. Rouard). — 10 pièces anonymes.

133. — français et étrangers du XIXe siècle. — 22 pièces.

Beavan. — Johannes Blanke. — Convents. — Cruttenden. — B. Jouvin (2 *états*). — Ed. de Laplane. — Richard Lee. — Em. Mancel. — Nadar. — Dr Requin (2 *exemplaires*). — D'Yzarn-Freissinet. — Etc.

133 *bis*. — français et étrangers modernes, en *épreuves d'artistes* et tirés avant la lettre, la plupart sur Chine, de format gr. in-8 ou in-4. — 18 pièces.

Berend. — Clériceau. — Joh. Darcel. — V. Diancourt. — Dzygovien. — Hériot. — Etc.
On a ajouté trois adresses, également en épreuves d'artiste.

134. — français (étiquettes) du XIXe siècle, avec *encadrements* gr. ou lithogr. — 38 pièces.

Albert Bazaine. — Th. Becquerel. — A. Bérard. — Comtesse X. de Blacas. — Léon Brocard (7 *états*). — Remy Bouchard. — Philarète Chasles. — Jules Corblet. — Delasize (2 *états*). — Dr Desbarreaux-Bernard (3 *états*). — H. Destailleur (2 *états*). — Eglise réformée de Rouen. — C. Fontaine. — A. Foucart. — J. Girardin. — Olivier de Gourcuff. — J. Jacquette. — César Lambert. — Eug. Lecointre. — Lessore. — J.-L. Malsan. — Emm. Martin. — Masurier. — Ch. Mège. — Mirault. — Mouchy-Noailles (2 *états*, 1806 et 1817). — Vallery.

135. — modernes français et étrangers. — 37 pièces.

Des Chesnez (Martineau). — Edm. Engelmann. — Th. Powell. — Ad. de Puibusque. — Ch. Sauvageot. — Ch. Schefer. — Cte de Semallé. — Société d'études historiques de Bretagne. — (Tenant de la Tour). — Thibaudeau. — R. Vallois. — Château de Veauce. — Andrade. — Gastaldi. — Ch. Keene. — J. Nencini. — (Duc de Parme). — P. do Prado. — Salva (2 *états*, dont un sur maroquin). — Santangelo — Scarpellini. — Schneegans. — Sobolewski. — (Troubetzkoy). — Van der Kemp. — (Van den Berg). — Van den Brock. — Van der Helle. — Van der Taelen. — Von der Mulhen. — Bon de Warenghien. — Convents. — Paul Eudel. — H. Huntington. — Alfred Piet (2 *états*).

136. Ex-libris modernes français et étrangers ; 11 pièces. — Réimpressions d'ex-libris anciens; 12 pièces. — Ensemble 23 pièces.

Ex-libris de MM. Clériceau. — Fortia d'Urban. — Ed. de Laplane. — De La Sellerie. — George Loch. — Mac-Carthy. — V. Mourié. — Rœderer. — Trois anonymes.

Réimpressions des ex-libris de V. Alferi. — Bossuet. — Th. Gueulette (*3 états* : noir, bistre et sanguine). — De Joubert (3 *états* : noir, bistre et sanguine). — Madame du Barry. — Etc.

137. — allemands, anglais, espagnols, italiens, américains, etc. du XIXe siècle. — 33 pièces.

(Miguel Agelasto ; 2 *états*). — Jara Almonte. — Andrade. — Cte d'Aquila. — Prince d'Arenberg. — Armstrong. — Th. Bell (1797). — R. Benkard. — Edv. Böcking. — J. de Bonne (2 *états*). — Prince Borghèse. — Eug. Caffarelli (2 *états*). — Canovas del Castillo. — (Deman). — O. Dorn. — J. van Driesten. — Gastaldi. — P. d'Hausen de Weidesheim. — Th. Karajan. — Vinzenz Katzler. — C. Keene. — Klotschkoff (2 *états*). — Lomellini. — Cte Marescalchi. — (Mavrocordato). — (Mme L. Metchersky). — 5 pièces anonymes.

---

138. Billets de bal, etc. — Réunion de 3 pièces in-12 et in-8 en largeur.

Salle d'Orléans, Bal de souscription. Billet de Dames. — For the benefit of Mr Salpietro; gr. par *Bartolozzi*, en 1773 — En-tête révolutionnaire de Jourdan, général en chef de l'armée de Sambre et Meuse, très belle pièce gr. par *Quéverdo*.

VI. MÉDAILLES ET MONNAIES

139. Monnaies romaines, françaises et étrangères, moulages, etc. — Réunion de 142 pièces anciennes et modernes de divers modules.

140. Pièce de 20 francs, *en or*, à l'effigie de Louis XV et au millésime de 1726.

141. Essais de monnaie de billon à l'effigie de Louis-Philippe Ier. — Réunion de 6 pièces dans un écrin.

Pièces de 1 décime (2 essais); 5 centimes (2 essais) ; 2 centimes et 1 centime.

142. Médailles françaises et étrangères des XVIIe, XVIIIe et XIXe siècles. — Réunion de 17 pièces en bronze de divers modules.

143. Galerie Métallique des grands hommes français. — *Paris*, 1816-1823. — Réunion de 75 médailles de bronze (sur 90), dans trois médaillons recouverts de maroquin rouge à long grain et doublés de satin et de velours.

Jolies médailles, fort bien frappées, reproduisant les traits de Boileau,

Bossuet, Catinat, Commines, Cujas, Descartes, Destouches, Duguay-Trouin, Fénelon, Lavoisier, Mansart, Marot, Masséna, Mignard, Montesquieu, Montgolfier, Regnard, Rotrou, B. de Saint-Pierre, Suger, Vauban, Vaucanson, etc., etc.

144. Médailles et monnaies *en argent*, françaises et étrangères. — Réunion de 11 pièces de divers modules frappées de 1826 à 1859.

LIVRES ILLUSTRÉS DU XIXe SIÈCLE. — DIVERS

145 Les Métamorphoses d'Ovide, traduction nouvelle avec le texte latin, par M. G. T. Villenave ; ornée de gravures d'après les dessins de MM. Lebarbier, Monsiau et Moreau. *Paris, Gay et Guestard*, 1806, 4 vol. in-4, fig. demi-rel. bas. r. non rog.

Bel exemplaire sur GRAND PAPIER VÉLIN, avec les figures AVANT LA LETTRE et encadrées.

146. Œuvres complètes de Gilbert, publiées pour la première fois avec les corrections de l'auteur. *Paris, Dalibon*, 1823, in-8, fig. demi-rel. dos et coins de mar. brun, dos orné, *non rogné. (Ginain.)*

Exemplaire sur GRAND PAPIER VÉLIN, rare, avec les figures AVANT LA LETTRE et les EAUX-FORTES, auquel on a ajouté la suite de 1 portrait et 3 figures de *Vallot* en épreuves AVANT LA LETTRE et COLORIÉES.

147. Fables de Florian, illustrées par Victor Adam, précédées d'une Notice par Charles Nodier, et d'un Essai sur la Fable et suivies des poèmes de Ruth et de Tobie. *Paris, Delloye, Desmé*, 1838, in-8, front. et pl. gr. sur acier, vign. mar. vert, dos et plats ornés de riches comp. tr. dor.

Curieuse reliure de l'époque ornée de fers spéciaux.

148. Fables de J. P. Claris de Florian, avec une préface, par Honoré Bonhomme. Dessins d'Emile Adam, gravés à l'eau-forte par Le Rat. *Paris, Libr. des Bibliophiles*, 1886, in-16, portr. et 6 fig. gr. à l'eau-forte, br. couverture.

De la *Petite Bibliothèque artistique*.
Un des 25 exemplaires sur PAPIER WHATMAN avec les eaux-fortes en double état : avec et AVANT LA LETTRE.

149. Rêveries poétiques. Poésies nouvelles, par Théodore Tuffier. Deuxième édition. *Paris, Charpentier*, 1845, in-8, titre imprimé en or, portr. lithog. et nombr. vign. sur bois, mar. bleu à long grain, dos orné, fil. et comp. dent. int. tr. dor.

Exemplaire recouvert d'une curieuse et jolie reliure de la période romantique.

150. André Theuriet. Nos Oiseaux. Aquarelles de Hector Giacomelli. *Paris, Launette*, 1886, gr. in-4, 41 pl. et nombr. vign et culs-de-lampe en couleur, br. *couverture illustrée.*

Premier tirage de ce magnifique ouvrage.

151. Œuvres de Pierre et Thomas Corneille, avec les commentaires de Voltaire. *Paris, Renouard* (*impr. de Crapelet*), 1817, 12 vol. in-8, portr. et fig. demi-rel. mar. bleu, dos orné, *non rognés.* (*Thouvenin.*)

Bel exemplaire de M. Eug. Paillet, tiré sur grand papier vélin avec les figures de *Moreau* en épreuves avant la lettre.
On a ajouté la suite des figures de *Gravelot* (remontées), premier tirage de 1764, et le portrait de Corneille par *Ficquet.*

152. Œuvres de Crébillon. *Paris, Renouard*, 1818, 2 vol. gr. in-8, portr. par Saint-Aubin et 9 fig. de Moreau, demi-rel. mar. r. à long grain, non rog. (*Rel. de l'époque.*)

Bel exemplaire sur grand papier vélin avec les figures avant la lettre et sans aucune piqûre.

153. Les Contes drolatiques colligez ez Abbayes de Touraine, et mis en lumière par le sieur de Balzac pour l'esbattement des pantagruelistes et non aultres. Cinquiesme édition, illustrée de 425 dessins par Gustave Doré. *Paris, ez Bureaux de la Société générale de Librairie*, 1855, pet. in-8, front. nombr. fig. et vign. sur bois, demi-rel. mar. r. tête dor. ébarbé.

Premier tirage.

154. Jules Noriac (Cairon). Le 101e Régiment. Illustré par Armand-Dumaresq, G. Janet, Pelcoq, Morin et Deuxétoiles. *Paris, Bourdilliat*, 1860, in-8 carré, front. 13 pl. et nombr. fig. sur bois, demi-rel. mar. bleu avec coins, dos orné, tête dor *non rog.*

Bel exemplaire du premier tirage ; un des 45 numérotés sur grand papier vélin (Whatman, no 9).
Envoi autographe de l'auteur.

155. Les Caquets de l'Accouchée, publiés par D. Jouaust, avec une préface de Louis Ulbach. Eaux-fortes par Ad. Lalauze. *Paris, Libr. des Bibliophiles*, 1888, in-16, 14 vign. et culs-de-lampe, gr. à l'eau-forte, br. couverture.

De la *Petite Bibliothèque artistique.*
Un des 20 exemplaires sur papier Whatman avec les eaux-fortes avant la lettre.

156. Un An à Rome et dans ses environs. Recueil de dessins lithographiés, représentant les costumes, les usages et les cérémonies civiles et religieuses des Etats romains.. dessiné

et publié par Thomas. *Paris, Firmin-Didot*, 1823, in-fol. 72 pl. lithogr. demi-rel. mar. vert à long grain, *non rog*.

Exemplaire sur PAPIER VÉLIN avec les PLANCHES COLORIÉES.
Légère cassure dans la marge intérieure de deux ou trois planches.

157. Promenades d'un Artiste, Bords du Rhin, Hollande, Belgique (Tyrol, Suisse, Nord de l'Italie), avec (52) gravures d'après Stanfield et Turner (par A.-A. Renouard). *Paris, Jules Renouard, s. d.* (1836), 2 vol. in-8, 2 front. et 50 pl. gr. sur acier, mar. violet, dos et plats ornés de riches comp. spéciaux, dent. int. tr. dor. (*Rel. de l'époque*.)

Bel exemplaire recouvert d'une curieuse reliure dont les plats sont ornés des portraits en pied de Guttenberg et de Galilée, des vues des cathédrales de Strasbourg et de Fribourg, d'arabesques, etc.

158. Les Femmes célèbres de l'ancienne France. Mémoires historiques sur la vie publique et privée des femmes françaises, depuis le cinquième siècle jusqu'au dix-huitième, par M. Le Roux de Lincy. *Paris, Leroi*, 1847, gr. in-4 à 2 col. front. lithogr. et pl. par Lanté, gr. par Gatine et *coloriées*, cart. dos de perc. violette, non rog.

Notre exemplaire ne renferme que 40 planches ; elles sont très intéressantes au point de vue du costume féminin.

159. Le Cahiers du Capitaine Coignet (1776-1850), publiés d'après le manuscrit original, par Lorédan Larchey, avec 84 gravures en couleur et en noir d'après les dessins de Julien Le Blant. *Paris, Hachette*, 1896, in-4, pap. vélin, nombr. fig. dans le texte et 18 pl. en couleur hors texte, br. *couverture illustrée*.

160. Esquisse biographique sur la Reine Hortense. Une Visite à Augsbourg. Lettres (par M. le comte de La Garde) *Paris, Heugel, s. d.* (*vers* 1840), in-4 obl. texte imprimé en vert encadré de fil. rehaussés d'or, front. en chromolithog. 14 pl. lithog. en noir et en couleur, 24 pp. de musique gr. et 1 pl. de fac-similé, cart. de pap. rose glacé.

Armes de la Reine Hortense sur le premier de la reliure.

161. Paris à travers les âges. Aspects successifs des monuments et quartiers historiques de Paris depuis le XIIIe siècle jusqu'à nos jours fidèlement restitués... par M. F. Hoffbauer. Texte par MM. A. Bonnardot, Jules Cousin, E. Drumont, Valentin Dufour, Ed. Fournier, Paul Lacroix... *Paris, Firmin-Didot*, 1875-1882, 2 vol. gr. in-fol. nombr. fig. dans le texte et 91 pl. ou plans en noir et en couleur, demi-rel. mar. r. avec coins, tête dor. non rog. (*Pagnant*.)

Bel exemplaire du PREMIER TIRAGE.

162. Saint-Juirs. La Seine à travers Paris, illustrée de 230 dessins et de 17 compositions en couleur par G. Fraipont. *Paris, Launette*, 1890, in-4, nombr. fig. dans le texte et 17 pl. en couleur, cart. perc. verte, fers spéciaux, tête dor. non rog. (*Magnier et ses fils.*)

163. Versailles ancien et moderne, par le Comte Alexandre de Laborde. *Paris, Impr. Schneider et Langrand*, 1841, gr. in-8, front. et nombr. fig. et vign. sur bois, mar. r. dos et plats ornés de riches comp. dent. int. tr. dor. (*Rel. de l'époque.*)

Dans cette édition les figures sont du PREMIER TIRAGE, le titre seul a été changé.
Bel exemplaire.

164. JOURNAL DE L'EXPÉDITION DES PORTES DE FER. Rédigé par Charles Nodier, de l'Académie française, sur les notes du duc d'Orléans. *Paris, Imprimerie Royale*, 1844, gr. in-8, carte et fig. chag. r. dos orné, fil. et riches comp. doublé et gardes de moire bleue, dent. tr. dor. (*Rel. de l'époque*).

Magnifique ouvrage, un des plus beaux de ce siècle, orné de figures hors texte sur papier de Chine, avec la lettre sur papier de soie, et de nombreuses vignettes dans le texte d'après Raffet, Descamps et Dauzats. Il n'a été imprimé qu'à un petit nombre d'exemplaires destinés à être offerts en présents.

165. Description de l'Arménie, la Perse et la Mésopotamie, publiée sous les auspices des Ministres de l'Intérieur et de l'Instruction publique, par Charles Texier. *Paris, Firmin-Didot*, 1842-1852, 2 vol. in-fol. nombr. pl. gr. et lithog. demi-rel. chag. r. avec coins, plats toile, dos orné, tête dor. ébarbé.

Belle publication, rare et estimée, ornée d'un frontispice en couleur, d'une carte et de 152 planches, dont 8 en couleur et montées sur onglets.

166. Silvio Pellico. Mes Prisons. Traduction nouvelle par Francisque Reynard. Dessin de Bramtot, gravés par Toussaint. *Paris, Libr. des Bibliophiles*, 1887, in-16, portr. et 6 fig. gr. demi-rel. mar. bleu avec coins genre bradel, dos orné d'une fleur mosaïquée de mar. vert et citron, fil. tête dor. non rog. couverture. (*Champs.*)

De la *Petite Bibliothèque artistique.*
Bel exemplaire, un des 25 tirés sur PAPIER WHATMAN avec le portrait et les figures en double état : avec et AVANT LA LETTRE.

---

167. Les Petits Chefs-d'œuvre. *Paris, Libr. des Bibliophiles*, 1878-1890, 12 vol. in-16, br. couvertures.

Mme de Duras : Edouard ; Ourika. — Lettres du Prince de Ligne à la Mise de Coigny. — Mademoiselle de Clermont, par Mme de Genlis. — Mademoiselle de Combes, par Fléchier. — Marivaux. La Surprise de l'amour. — Mémoires d'un jeune Espagnol de Florian. — Mémoires de Ch. Perrault. — Piron. La Métromanie. — Poinsinet. Le Cercle, ou la Soirée à la mode. — Réflexions sur le Divorce, par Mme Necker. — Sedaine. Le Philosophe sans le savoir.

Exemplaires numérotés sur GRAND PAPIER WHATMAN.

168. De la Bibliomanie (par L. Bollioud-Mermet). *La Haye*, 1761, in-12 de 72 pp. vélin blanc, titre calligraphié sur le dos, tête dor. non rog. 2

Réimpression tirée à petit nombre et dont 100 exemplaires seulement ont été mis dans le commerce. Elle a été faite par les soins de M. Paul Chéron et imprimée à Paris, chez Jouaust, en 1865.

Un des 10 exemplaires sur PAPIER DE CHINE auquel on a ajouté une LETTRE AUTOGRAPHE de M. Paul CHÉRON. — *Ex-libris* de P. ARNAULDET.

169. MANUEL DU LIBRAIRE et de l'Amateur de livres, par Jacques-Charles Brunet. Cinquième édition. *Paris, Firmin-Didot*, 1860-1864, 6 vol. — Supplément, par P. Deschamps et G. Brunet. *Paris, Firmin-Didot*, 1878-1880, 2 vol. — Ensemble 8 vol. gr. in-8, demi-rel. mar. r. avec coins, chiffre au bas du dos tr. peigne. (*Bourlier*.) 192

Les deux volumes du *Supplément* sont brochés.

Total environ 6900 —

TABLE DES DIVISIONS

Numéros

BEAUX-ARTS

N° 1044.

Tours, imp. Tourangelle, 20-22, rue de la Préfecture.

EM. PAUL ET FILS ET GUILLEMIN
Libraires de la Bibliothèque Nationale
28, RUE DES BONS-ENFANTS, 28

ŒUVRES DIVERSES

DE

VICTOR ORSEL

1795 - 1850

MISES EN LUMIÈRE ET PRÉSENTÉES

PAR **Alphonse PERIN**

Peintre d'histoire

TERMINÉES PAR **Félix PERIN**

Architecte

Cent dix planches accompagnées d'un texte explicatif.
Paris 1852-1878

L'Ouvrage comprend en tout 328 pp. et est orné de 101 planches gravées ou lithographiées, de 9 vignettes souvent répétées, de 10 fac-similés et de 5 planches supplémentaires : Portrait de Lié-Louis Perin et reproduction de 4 tableaux ou dessins d'Alphonse Perin. — **Prix (au lieu de 100 fr.)**. . . . **25 francs**

Très belle publication faite aux frais de MM. Perin et sortie des presses de L. Perrin et Marinet à Lyon. Elle fut d'abord donnée à quelques artistes, puis le petit nombre d'exemplaires restant fut livré au commerce au prix de 100 francs.

André-Jacques-Victor Orsel, né à Oullins le 25 mai 1795, mort à Paris, le 1er novembre 1850, entra en 1809 à l'Ecole des Beaux-Arts de Lyon, dirigée alors par Pierre Révoil, vint à Paris en 1817 et entra dans l'atelier de Pierre Guérin ; il partit pour Rome en 1822 et revint à Paris en 1831 où il demeura jusqu'à sa mort. Son corps fut transporté à Lyon. Cet artiste, dont le public connaissait à peine le nom, ne rechercha jamais la popularité et consacra sa vie tout entière à l'art, s'adonnant plus particulièrement à la peinture religieuse. Ses principales œuvres sont : **Peintures des Litanies exécutées dans la Chapelle de la Vierge**, à l'église de Notre-Dame de Lorette à Paris ; **le Bien et le Mal**, tableau qui figure au Musée du Louvre ; **la Ville de Lyon préservée du choléra par l'intercession de la Sainte Vierge**, tableau votif placé à l'église de Notre-Dame de Fourvières à Lyon, etc., etc. — Toutes ces peintures sont reproduites et décrites avec le plus grand soin dans l'ouvrage ci-dessus.

www.ingramcontent.com/pod-product-compliance
Ingram Content Group UK Ltd.
Pitfield, Milton Keynes, MK11 3LW, UK
UKHW020224180726
13838UKWH00005B/2175